VITÓRIA FACHIN

SER LUTA

POESIAS

LETRAMENTO

Diretor Editorial | Gustavo Abreu
Diretor Administrativo | Júnior Gaudereto
Diretor Financeiro | Cláudio Macedo
Logística | Vinícius Santiago
Designer Editorial | Luís Otávio Ferreira
Assistente Editorial | Giulia Staar e Laura Brand
Capa | Ivana Andrade Avellar
Revisão | Daniel Rodrigues Aurélio (Barn Editorial)
Diagramação | Vanúcia Santos

Dados Internacionais de Catalogação na Publicação (CIP) de acordo com ISBD

F139s Fachin, Vitória

Ser luta / Vitória Fachin. - Belo Horizonte : Letramento, 2019.
84 p. ; 12cm x 21cm.

Inclui índice.
ISBN: 978-85-9530-309-6

1. Literatura brasileira. 2. Poesia. I. Título.

CDD 869.1
2019-1902 CDU 821.134.3(81)-1

Elaborado por Vagner Rodolfo da Silva - CRB-8/9410

Índice para catálogo sistemático:
1. Literatura brasileira : Poesia 869.1
2. Literatura brasileira : Poesia 821.134.3(81)-1

Belo Horizonte - MG
Rua Magnólia, 1086
Bairro Caiçara
CEP 30770-020
Fone 31 3327-5771
contato@editoraletramento.com.br
editoraletramento.com.br
casadodireito.com

Grupo Editorial LETRAMENTO

"SERÁ QUE UM DIA EU TIRAREI TODAS AS VENDAS DOS MEUS OLHOS E PODEREI ENXERGAR O OUTRO APENAS COMO SER HUMANO?"

SUMÁRIO

AGRADECIMENTO

AGRADECIMENTOS SÃO DIFÍCEIS DE FAZER,
POIS TEM TANTAS PESSOAS PARA AGRADECER.

Sei que a base do que eu escrevi é a
mesma base que eu cresci.
Meus poemas falam por mim...

À minha família com certeza, meu alicerce,
minha raiz.
Que me fez enxergar com outros olhos,
esse mundo que nasci.
Minha mãe, meu horizonte,
minha luz que me conduz.
Minha irmã, minha força, porto seguro,
inspiração.
Meu pai, toda cultura que nos fez enxergar
além da moldura.
Meus avós, meus amigos, todos
que eu amo me inspiram.

Sem contar com meus professores da vida que com eles muito aprendi: Dr. Thiago Decat, Dr. Henrique Napoleão Alves, Dr. Aloísio Vilaça Constantino e Dra. Mônica Gil.

Além disso, tem meus ídolos que meus caminhos puderam iluminar com resistência, resiliência, empatia e humanidade e eu não poderia deixar de os elogiar: Criolo,

Emicida, Preta Rara, Nátaly Neri, Djamila Ribeiro, Silvio Almeida, Judith Butler, Ângela Davis, Flávia Biroli, Marcia Tiburi, Mandela, Panteras Negras, Marielle

Franco, Áurea Carolina, José Mujica, Martin Luther King Jr., Che Guevara, Frida Kahlo, e tantos outros que lutam ou lutaram por um mundo melhor.

Meu sonho é que essas poesias cheguem um dia nas mãos de todos aqueles que querem lutar e fazer respeitar seus direitos.

Sonhar é preciso...

Obrigada,

Vitória Fachin.

ALGUÉM

Eu sou ninguém,
não sou ouvido,
sou esquecido.

Não sou visto,
sou excluído,
sou oprimido.

Mas não sou ninguém.
Sou alguém.

Nem preto, nem branco,
nem pobre, nem rico,
nem homem, nem mulher.
Sou ser humano,
mas insistem que sou ninguém.

Bandido, pobre, fudido,
preto, desumanizado,
trabalhador, maltratado,
usado e depois jogado de lado;

onde pessoas são consumidas
nesse mundo capitalizado.

Ai de alguém que disser
que sou ninguém.

Sou feminista, trabalhador,
oprimido, mas sonhador;
marxista e batalhador,
comunista ou socialista,
mas jamais capitalista,
que faz do sangue lucro nas mãos do senhor.

Ai de alguém que diz
que sou ninguém.
Luto para ser alguém,
viver e expor
o meu eu interior.

E nesse ciclo vicioso
onde criam-se ninguéns
retirando de alguém
o que lhe é mais poderoso:

a LIBERDADE

VIRTUDE SOCIAL

Uma das grandes virtudes é ter
EMPATIA.
E ela é a base de uma sociedade
democrática e igualitária.

A ARTE REVOLUCIONÁRIA

A arte transcende a luta,
transgride o sistema,
desoprime os sem voz.

A arte liberta;
desanuvia o coração,
que transborda, aborta, sabota,
o mais puro sentimento de comoção.

O sistema agride, mata, reprime,
cala, abafa, o menino que se
desvia daquele futuro traçado
e o coloca de volta
na senzala do passado.

A arte explora, aflora e supera
aquela realidade que é bruta e
assusta até o mais cético,
mas que a ignora e retorna
à esteira de produção massiva
que aliena e retira a alma.

O sistema corrói, destrói.
Proíbe os sonhos de voarem livres.
Consome da base ao topo.
Mas surra e minimiza
a gente sofrida;
trabalhador operário,
alienador da sua força de trabalho.

A arte deveria caminhar pelas almas,
corpos, pessoas e amores
para libertar os amargores.

Iluminar e criar livre do olhar
daqueles que querem vender o país,
em nome de uma economia livre,
que prende as mentes e domina as gentes.

A arte é o instrumento
mais poderoso contra o sistema.
Mas a arte é revolução:
com ela vem a educação, senso crítico
que retira as vendas dos olhos
e faz enxergar o poder da
população.

Arte é resistir.

GUERREIRA

Mulher;
sofrida, batalhadora;
vulnerabilizada, violentada.
Mas que vai à luta
com a cabeça levantada.

Mulher forte, guerreira,
que faz do seu suor
o futuro de filhas e filhos
de uma vida inteira.

Mulher bonita de alma;
cujos olhos brilham e
iluminam todos aqueles
que a tentam derrubar.

MULHER!

Mas que palavra mais linda,
que traz força e esperança
para todas aquelas que
não querem se enxergar.

Mulher, levanta a cabeça, siga
firme seu caminho.
Mulher, você mesma.
Se olhe no espelho, vibre, dance.
E não deixe ninguém te menosprezar.

Mulher, Mulher, Mulher...

A força da palavra nos une!
MULHER.

PAÍS DE TODAS AS CORES

Brasil de todas as cores.
De norte a sul, leste a oeste;
das montanhas de Minas ao ar puro do
Amazonas;
do calor do nordeste às ventanias do sul.

Brasil de todas as caras,
olhos, bocas, cabelos, peles;
de todas as culturas;
de todos os ditos, ditados
e dialetos.
Do samba ao frevo;
do funk à bossa nova.

Brasil, um país do futuro.
Da terra rachada, sem água, do norte;
à morte do rio, na capital do sudeste.
Da prisão do índio, no Xingu,
ao latifúndio regado a gado
para ser exportado.

Brasil, um país miscigenado.
Orgulho nacional.
Propaganda internacional.
Dos carros blindados,
parados no tráfego,
aos ônibus lotados,
levando assalariados.

Um país de cores, que segrega,
renega, mas diz que agrega.
Dos pretos, dos pobres, dos índios;
jogados de lado, marginalizados,
aprisionados e criminalizados.

Brasil, um mito da miscigenação
que carrega, na base, o negro,
que é 50% da população.

Brasil, o país do Cristo Redentor.
Humanizado e cristianizado.
Que escravizou, mas libertou.
Lei Áurea, falsa abolição,
pois jogou os negros no camburão.

País de altos impostos, destinados
a saúde e educação,
que são escancaradamente desviados pela
corrupção.

Brasil, um país da discriminação,
da humilhação, da exclusão.
Pais do samba, da mulata,
das mulheres mais belas.
País do patriarcado opressor;
que coloca a mulher como inferior.

E apesar de todas as mazelas,
o brasileiro continua sorrindo e lutando.
Não somos um povo revolucionário,
mas sonhamos com o fim da corrupção,
enquanto ainda tem uns
"jogando papelzinho de bala no chão"*.

Brasil, terra de ninguém.

*Criolo, "Chuva Ácida".

AMOR

O amor é a personificação do ser
que se expande além do EU;
explode emoção.

É um fio condutor
que liga as mentes
sem que estejam presentes.

É algo tão potente:
não é físico, mas metafísico.
É uma corrente infinita que
liga outras vidas.

O amor é por si mesmo,
pelo outro, pela terra.
É eterno, imortal.
Só precisa ser sentido
para ser real.

SONHO

E a vida é um sonho
e sonhos, sonhos são.

SOU EU

Eu sou o grito;
a dor que angustia,
abafada, calada.

Eu sou a luz;
que ilumina,
seduz e
faz sorrir
até aquele que não tem
motivos para rir.

Eu sou a vontade
de ter dignidade;
ser tratado com humanidade
e ter responsabilidade
com os indivíduos da sociedade.

Eu sou o abraço;
em que cabem todas e todos,
sem distinção.
Cabem pessoas
num só coração.

Eu sou um mundo
cheio de ilusão.

Ô, SAUDADE

O que é a saudade?
Senão um buraco no peito.
Uma fraqueza
que não tem jeito.

Saudade vai, saudade vem,
mas ela sempre estará lá
para te lembrar como é
amar.

O amor não acaba com a dor.
O amor só cresce com a perda.
A saudade só aperta a falta.
A lembrança alimenta a alma.

Ô, saudade que não tem cura.
Traz de volta para mim aquela
doçura.
De te ver ao meu lado todos os dias
e me encher de beijos e abraços
que nos entrelaçam.

A presença não é mais física;
é imortal, surreal.
A presença é de espírito
que nos une além dos tempos
e leva a saudade
com o vento.

ABORTAMOS A HIPOCRISIA

Abortamos a sociedade.
Abortamos porque precisamos.
Como querem que eu crie
filhos, nessa hipocrisia
cega por religião?

Abortamos porque somos livres.
Somos donas do nosso destino.
Mesmo o Estado querendo
encarcerar nossos corpos
marcados pelo machismo.

Abortamos a violência,
que bate à porta desde criança.
Faz meninas se tornarem mães.
Reverberando a pobreza
que é economia estatal
e quer filhos
para a máquina industrial.

O Estado mata
mulheres que querem viver,
que fazem aborto para sobreviver.

A realidade não pode ser negada
enquanto há vidas sendo
desperdiçadas.

Querem nos culpar
pela pobreza social.
Mas vamos lutar contra
o conservadorismo estatal.

COAUTORIA: NATÁLIA FACHIN

ABRAÇO

Um abraço forte é
um laço de energia
que transcende o espírito
do nosso próprio ser.

VIDA

A vida passa sem deixar rastros.
Querem deixar coisas
ao invés de laços.

A vida é um sopro
de tão fugaz;
mas deixa marcas profundas
na trilha do caminhar.

A vida é uma energia
flutuante.
Que entrelaça os
amantes.

A vida não é nada,
senão amor.
Amor latente
que corre nas veias
e alegra as mentes.

A vida é amar
o outro, além do infinito,
para carregar consigo uma
felicidade inesquecível.

São vidas em uma vida
que deve ser vivida
vivamente e
alimentar a alma
eternamente.

MEMÓRIAS ESQUECIDAS

No fundo do coração
existem memórias esquecidas
que não querem ser revividas.

Mas memórias são histórias.
E histórias, histórias são.
E uma vida inteira
cheia de contramãos.

Do passado e do presente
nós vivemos meio ausentes.
Procurando os caminhos.
Evitando os destinos.

Mas na lembrança está a chave
que pulsa sem alarde.
Seguir a intuição seria
tapar a própria respiração.

Por que tão difícil seguir?
Se o mais fácil é viver
sem deixar um lema ou legado
que seja a razão do dizer.

Uma vida transbordante
de poemas e ilusões.
Ver a vida adiante
e alegrar corações.

Que mensagem vou deixar
para um dia querer voltar?

Escrita

Uma luz me resplandece,
nem parece amanhecer.
Vejo o sol brilhando ao leste
fazendo meu sorriso aparecer.

Quando vejo, já soltei
minha alma nesse papel.
São caminhos percorridos
por aqueles lá do céu.

Quero tanto descobrir
o que tem além de tudo aqui.
Mas é difícil entender
que esses caminhos
não são fáceis de percorrer.

Sem pensar, já escrevi
um poema, logo ali.
Não percebo, mas só sai.
A ponta escreve até onde
meu olhar vai.

HISTÓRIA SEM MEMÓRIA

Te apontam o dedo,
viram a cara,
pisam e não veem nada.
Inviabilizados, são –
à margem da nossa nação.

Nacionalismo exacerbado, exaltado,
que bate continência para país americanizado.
Que quer atirar na educação,
enquanto o povo chora
sem ter condução, trabalho ou ocupação,
para pagar o pão.

Lágrimas escorrem nos rostos marcados
pela inconsciência consciente,
ao fim manipulados.
E, enfim, a história se repete,
retrocede com ar de
normalidade absurda,
que assusta e produz repulsa.

Apolítico surge, é elogio.
Juventude sem arrepio.
A história nos desuniu
ou a falta dela
nos destruiu.

Falta luta, falta garra, falta vontade.
Mas acima de tudo identidade,
respeito e humanidade.
Onde a comunidade irá buscar
essa tão sonhada
identidade?

Nas histórias roubadas, furtadas, queimadas
pelo aristocrata, colonizador,
político, opressor,
ditador.

Memórias retiradas, abaladas,
esquecidas.
Que fragilizam as
manadas distraídas.

Triste história sem memória.
Da pátria sem nação,
que não põe fim a essa
colonização.

TEMPO MODERNO

Pouco tempo:
Contratempos,
correria, passa o dia.

O que mais olho é o relógio
para aproveitar o tempo que me resta,
mas a vida corre depressa
sem deixar tempo pra festa.

Nessa vida tão moderna
só vivemos do futuro
o presente nem sabemos,
pois existem contratempos.

Mas que vida será essa?
Que o relógio não espera.
Fazemos muito por dinheiro.
Mas quanto tempo ainda nos resta?

Eu não quero essa vida
tão corrida, esquecida.
Quero parar esse r e l ó g i o
e voltar no tempo da minha vida.

APENAS PESSOAS

Tire as vendas do olhar
para poder melhor enxergar.
Rótulos existem
para manipular.

Padrões ditados
pelo mundo capitalizado.
Homem, mulher,
não devia mais se usar.
São apenas pessoas nesse lugar.

Eu sou o que sinto
não o que dizem de mim.
Não depende de como nasci,
mas, sim, do que eu sentir.

Tire as vendas desse lugar
que não te faz respeitar.
O olhar sobre o outro,
não deve ser o de
julgar.

O mundo precisa expandir
para melhor existir.
Quero ser o que eu bem entender
e não venham me contradizer.

CULTOS SOMOS TODOS

Tem uns que dizem
que os cultos são os formados
com mestrado ou doutorado.
Mas esquecem que a cultura
não precisa de formatura.

Cultos são aqueles que vivem
do amanhecer ao anoitecer,
com a mão na enxada ou na indústria,
sem oportunidade para crescer.

A cultura tem raiz
nas massas maltratadas.
Cultos são aqueles que
falam de coração
da vida sofrida;
sem a chance de um
diploma na mão.

O que é ser culto, então?

QUINTAL

Política atual é o imperialismo mundial.
Países são quintal de exploração mineral.
Genocídio étnico e feminicídio histórico.
E o Tribunal Internacional,
a serviço do capital.

Continente dividido por tratado,
mal tratado.
Reunião de tribos, cria-se um Estado;
para ser explorado.
Um Estado sem nação.
Um povo misturado, armado,
incentivado à guerra e
autodestruição.

E onde está a globalização
que não chega para trazer união?

Capitalismo gentrificador,
cada vida tem um valor.
Uns morrem, outros vivem;
e ao final todos progridem.

Na falácia do desenvolvimento
que envolve sofrimento.
É um ciclo opressor;
do colonizador ao globalizador.

NÃO SEI

Quero ir embora deste lugar
porque viver já não me satisfaz.
Quero sumir de tudo aqui,
porque meu existir só faz fugir.

Não faz sentido eu
respirar,
se quando eu digo,
surge conflito, explode a bomba
que gera o grito.

Família surge para união,
mas minha existência diz Não.
Voltei para deixar a dor,
quero ir embora
para voltar o amor.

SOU TODOS

Sou suor que escorre
pelo rosto ao sol.
Sem pausa, sem ócio.
Mas que tempo infernal.

Sou sangue que pinga
das páginas do jornal.
Uma vida escolhida
pela sociedade do capital.

Sou meu corpo surrado;
nada além do já falado.
Minha alma querem prender
e me impedir de viver.

Sou todos aqueles
excluídos, esquecidos,
que não querem ser marcados
por esse mundo marginalizado.

PESO DAS INJUSTIÇAS

Carrego o peso das injustiças.
Quero ajudar, mas não pratico.
Quero mudar, mas me imobilizo.

Pessoas tão desiguais.
Uma, com tanto; outras, com nada.
Quem movimenta essa engrenagem?

Desigualdade necessária
para aumentar essa riqueza,
porque o poder precisa da pobreza.

Queremos o mínimo para viver;
dignidade para sobreviver
e não ter que roubar para não
morrer.

LE STRADE DELLA MIA VITA

Io ho camminato per
tutte quelle strade
che ho cercato.

Ho trovato
il mio passato,
ma non vedo
il mio futuro
che sembra
sbagliato.

Ho vissuto
quella vita
che sempre
avrei voluto
scoprire.

Ma il mio presente
sembra buio.
Come ricominciare
a vivere?

LIBERDADE REVESTIDA

Liberdade livre
que suas asas prende.
Liberdade distante,
intangível, insuficiente.

Liberdade plena, essa é inexistente,
pois abdicamos parte dela
para vivermos livremente.

Mas transfiguraram
o quanto abdicamos
e revestiram de plenitude.
Indivíduos tão livres
tem barreiras no ir e vir.

Não enxergamos essa mão
em que nela servimos
como fantoches,
então.

Quem quer tudo, nada tem.
Liberdade é ilusão
em um mundo em que livres
não são.

LAÇOS

Abro o olho,
vejo amor.
Que saudade!
Esplendor.

Quem dera
fosse real
esse mundo
astral.

Imagino tudo isso
revivendo o já vivido.
Quem me dera voltar atrás,
mas é algo que
não se pode mais.

Não mais sei
prosseguir
sem você aqui.
Por favor volte para mim,
vem ser feliz aqui.

Meu coração já se desfaz
só de dor
de não te ver mais.

SOCIEDADE HIPÓCRITA

De onde vem
esta amargura?
Que faz seguir
ordens de
tortura.

De onde vem
essa frieza?
Ao ver seu
irmão,
torturado, à mesa.

Como o ser humano
consegue ser tão
cruel?
No meio da miséria
que faz dos pobres
réus.

Quando vamos acabar
com esse
silêncio?

Que faz da
hipocrisia
nosso sustento.

SENTIR NO PAPEL

Meus sentimentos
foram transformados
em linhas, neste papel.

(E jogados ao léu.)

Onde os ventos vão levar
minhas palavras
para o CÉU.

POR QUE GUERRAS?

Como resistir às guerras?
Que tudo destroem.
Não só prédios, cidades,
mas pessoas
c
a
e
m.

Já tivemos tantas
guerras
que dominam,
exterminam.

Tantos morrem
pela pátria.
Ou pelo simples
Destino.

Civis atacados,
bombardeados.
Que têm suas vidas

roubadas
pelo fadado
Destino.

Aqueles esquecidos
resolvem ser soldados.
Começam a defender a pátria
como único
Destino.

Soldados esquecem do passado.
E seguem ordens
como se estivessem

VENDADOS.

Fazemos de tudo,
pelo poder.
Até quando
vidas vão ter que se
DESFAZER

COAUTORIA: NATÁLIA FACHIN

ENCONTRO

Acordei e pensei
em você.
O que aconteceu,
não sei dizer.

Eu não consegui,
nem você,
compreender
tudo isso aqui.

Pode ser que
você ria
ao invés de amar
esta poesia.

Mas eu só sei;
disse que amei.
E amei até onde
me encontrei.

Coloquei nossa
foto,
mas tirei.
Pelos caminhos
que já deixei.

Há marcas
que vão
deixar.
Não escolhi,
mas vão
ficar.

Sei que a vida
é assim mesmo.
Sem roteiro;
sempre recomeço.

Será que um
dia isso vai mudar
e poderemos nos
reencontrar?

NOSSA ORIGEM

Antes dos portugueses,
das capitanias hereditárias,
da colonização,
existiam os
índios.

Que aqui nasceram,
permaneceram
e morreram.

Índios foram
escravizados,
maltratados e quase
dizimados.

São a nossa história,
nossa origem:
evolução.

Mas a matança
não acabou com o fim
da colonização.

São caçados porque
ocupam terras
para gado.

E o que vai ser, agora,
com o fim da
demarcação?

O Brasil
nasceu
do índio.

Então, não venha você falar
de aipim, mandioca, macaxeira
e acreditar em terras devolutas.
Porque o índio
vale a luta!

COAUTORIA: NATÁLIA FACHIN

ALEGRIA

Queria muito escrever
um livro.
Mas nunca pensei que fosse
poesia.

Hoje me vejo
alegria.

Porque tudo o que
eu queria dizer
meu ser transformou em
poesia.

O QUÊ?

Uma coisa
sem sentido
é bom
pra mente.

Porque você
fica pensando
nela
até
COMPREENDER
o
sentido
dela
PRA VOCÊ.

SOCIEDADE DO CAPITAL INTERNACIONAL

Somos controlados
pelo capital
internacional.

E o nosso gosto
dominado para o
consumo exacerbado.

Até armas,
querem nos vender.
E dizem
que o povo
quis escolher.

Vendiam uma crise econômica
brutal.
Que acabou no primeiro dia
desse governo imoral.

Somos manipulados
pela mídia, política, informação.
Querem tapar nossos olhos,
mas, cegos, não somos, não.

Até a Amazônia
querem vender.
Nos destruir,
escravizar.
Pelo dinheiro,
nos maltratar.

Somos fantoches
nessas mãos.
Realmente, agora
não temos visão
dessa destruição.

Mas não se esqueçam:
o Brasil é soberano.
E a população vai enxergar.
Pelo Brasil vale lutar.

PARA QUE DATAS?

Não gosto de
data.
As datas
limitam.

Gosto das
coisas
fluidas,
que perpassam
os seres,
sem o tempo.

As datas marcam
o passado
inspirado
na escrita
da mente.

Melhor deixar
ausente.

Para a escrita
fluir no vento,
sem limitar
o tempo.

PRISIONEIROS

Querem prender
para resolver.
Mas a violência
só faz crescer.

A sociedade isola
as vidas matáveis.
Jogam nas cadeias,
algemadas;
com crueldade.

Acham que o sistema prisional
é solução.
Que surreal
contradição.

O cárcere
não veio para
ressocialização,
mas, sim, para
excluir os excluídos
e matar os esquecidos.

Pare de sonhar,
porque a violência
não vai acabar,
ao aprisionar
almas naquele lugar.

Para resolver,
precisamos reconhecer.
E dar a eles
oportunidades para crescer.

Nessa sociedade
tão desigual,
não venha falar que
bandido tem que morrer.

Porque são vidas
violentadas.
Que violentam outras vidas,
por terem sofrido violência
por toda a vida.

Esse ciclo vicioso
tem que parar.
E vidas precisamos
humanizar.

Todos têm direito
ao básico, para viver.
Só assim a
humanidade
irá crescer.

SER

O que é ser,
senão o
ser
humano?

Ser ausente,
ser onipresente,
ser invisível,
mas ciente.

Dos danos
da sua
ausência.

Na física
presença
da insistência.

O Não ser.

PARTE DE MIM

Queria conhecer
todos aqueles necessários
para eu nascer.

Uma linhagem bem extensa.
Impossível de saber.
Mas a história eu já sei,
pois me disseram bem.

Queria mesmo conhecer
aqueles amados por quem
eu amo.

Como é possível gostar tanto
de alguém que você nunca
conseguiu ver?

Curiosa, lá fui eu.
Querendo achar o que achei,
e só de pisar já senti
como minha casa, ali.

Descobri só um pedaço,
mas existem muitos outros,
pois sei que
o mundo habita aqui.

Dentro de mim!

RESISTÊNCIA

Resistir
é existir.
Meu corpo é
motriz
de ideologia
matriz.

Tem raízes nossa luta.
Reivindica melhoria;
para o povo,
ALEGRIA.

Não cale a nossa voz.
Porque esse atroz
só quer covardia.

E nosso povo luta
com
ALEGRIA.

A luta vive!

CHOIX

Je ne sais pas
comment tirer
les leçons
d'hier.

J'ai compris
que les mots
sont des choix
d'amour.

Personne n'a compris.

Comment faire
pour continuer
cette vie
d'erreurs?

MAR DE LAMA

A lama
que escorre
e os lucros
que aumentam.

É o veneno
que passa
pelos corpos
ao relento.

Tanta tragédia
que acontece
pelos olhos
desatentos.

É a lama
que corre
pela segunda vez;
mata os pobres,
deixa tormento.

E o descaso
que entristece;
a lama endurece,
sustenta o poder
que só cresce.

São tantas vidas
esquecidas.
A lama lava
a natureza
que se arrasta.

São rejeitos
que percorrem
nossas vidas
descartáveis,
pelos lucros
alcançáveis.

Até quando
soará o alarme?

...se soar...

A lama vai levar...

LUTA

É triste olhar para a história
e ver quantos morreram
por LUTAREM
por direitos
inerentes ao ser.

Onde surgiu
a ideia de
segregação,
humilhação,
superioridade?

Até quando
nossa sociedade
será governada por
homens,
brancos,
héteros,
cis?

É tão cruel perceber,
que o ser humano
consegue bater,
naquele que
LUTA para viver.

Nossos privilégios
devemos reconhecer.
Para podermos
LUTAR
por aqueles que
LUTAM para viver.

Até quando
vamos escrever
histórias de
discriminação?

A LUTA do outro
é a minha LUTA.
Todos têm direito
à vida
e
autodeterminação.

“A VIDA É FEITA DE RELAÇÕES.”

Os direitos autorais da primeira edição
serão doados para a
CASA DE REFERÊNCIA DA MULHER TINA MARTINS,
que orienta, acolhe e abriga
mulheres em situação de vulnerabilidade e/ou
violência doméstica, em Belo Horizonte/MG.